Weihnachtbaumverbot Kita: Die verrückten Entscheidungen der Schildbürger

Schildbürgerstreich Kindergarten: Wie der Weihnachtsbaum verbannt wurde

Herausgeber: Kiefer-Coaching-Verlag

Impressum:
Holger Kiefer
Kopernikusstr. 14
D-90766 Fürth
beratungholgerkiefer@gmx.de
0162-9291723

https://kiefer-coaching.de

Inhaltsverzeichnis

Schildbürgerstreich Kindergarten: Wie der Weihnachtsbaum verbannt wurde...........3

Vorwort:...........7

Im hohen Norden: Ein Ort zwischen Tradition und Wandel...........8

Die Kita: Ein kurioses Kleinod im Stadtteil...........14

Der Geheimrat des Kita-Reiches...........19

Die Geheimnisse der Vorstandsaufgaben im Kita-Reich...........21

    Die Hüterin der Wissensvermittlung...........21

    Die Magierin der Seelen der Kinder...........23

    Der Hüter des Qualitätszaubers...........25

    Die Hüterin des Personalgeheimnisses...........27

Der Schildbürger-Rat – Ein Spiel aus Vermittlung und Komik...........29

Die Weisen des Beirats: Vermächtnis des Weihnachtsbaum-Rätsels 32

Die absurde Entscheidung...........36

Die nächtliche Überraschung...........76

    Das Rätsel der Kita-Leitung...........77

    Die gutgemeinte Schlauheit des Schröders...........78

    Die Diskussion der Schildbürger...........79

Mögliche zukünftige Leithesen einer linken sozialistischen Gesinnung...........80

    Strategien um Kinder vor der christlichen Religion schützen...........80

Cancel Culture...........83

Über den Autor...........84

Vorwort:

Willkommen in der Kita der Schildbürger, wo Vernunft und kuriose Gedanken Hand in Hand gehen! Tauchen Sie ein in eine Welt voller absurder Entscheidungen und skurriler Diskussionen um den festlichen Weihnachtsbaum.

In der im hohen Norden beheimateten Kita sorgen Vorstände und Beiräte für ein einzigartiges Chaos, als die Frage aufkommt, ob ein Weihnachtsbaum in der Einrichtung aufgestellt werden darf. Zwischen umfassenden Diskussionen über kulturelle Vielfalt, Integration und vermeintlicher Diskriminierung entspinnt sich eine absurde Debatte über die Idee den Weihnachtsbaum zu verbieten.

Verfolgen Sie das Durcheinander, wenn Lieder verboten werden, Kekse zu einem Glaubenskonflikt führen und die Debatte um Tradition und Anpassung zum abenteuerlichen Schildbürgerstreich wird. Dieses Buch nimmt Sie mit auf eine humorvolle Reise durch die skurrilen Gedankenwelten einer Kita-Leitung und ihrer Beiräte, die zwischen Brauch und Konformität verheddert sind.

Entdecken Sie "Weihnachtbaumverbot Kita: Die verrückten Entscheidungen der Schildbürger" – ein heiteres Buch voller abenteuerlicher Ideen und Entscheidungen, die Sie zum Schmunzeln und Staunen bringen werden.

Im hohen Norden: Ein Ort zwischen Tradition und Wandel

Ein Ort nordwestlich der Innenstadt, trägt die Spuren einer reichen historischen Vergangenheit, geprägt von wechselnden Herrschaften und kulturellen Einflüssen. Einst unter dänischer Herrschaft bekannt, änderte sich die Schreibweise dieses Ortes später unter preußischer Regentschaft. Die Dänisch-Preußische Geschichte hallt bis heute in der Aussprache wider, die das lang gesprochene "o" des Stadtteils der Vergangenheit bewahrt hat.

Schon im Jahr 1110 urkundlich erwähnt, entwickelte sich diese Stätte von einem Bauerndorf zu einem Ort, der begüterte Bürger aus der Hansestadt anzog. Seine Wurzeln reichen tief in die sächsische Ortsgründung zurück, wobei der Anfang des Namens "Lo-" auf einen einstigen Wald hinweist.

Im Herzen des Stadtteils erhebt sich der imposante Wasserturm von 1911 in neogotischer Pracht als Wahrzeichen. Die umliegenden Gebiete beherbergen Parks, als Zeugen der Geschichte und Rückzugsorte inmitten des urbanen Lebens.

Die moderne Entwicklung brachte Veränderungen mit sich, wie eine Plattenbausiedlung, die mit ihrer bunten Vielfalt von Bewohnern aus dreißig Nationen eine neue Facette des Stadtteils darstellt.

Verkehrsmäßig gut erschlossen, durchziehen Straßen wie der nach dem Ort benannten Steindamm und Verkehrswege den Stadtteil. Die Linie U2 der Hochbahn und die stark frequentierten Metrobuslinien wie die Linie 5 und 22 verbinden den Stadtteil mit der City und anderen Stadtteilen.

In diesem geschichtsträchtigen Stadtteil, wo Vergangenheit und
Moderne aufeinandertreffen, gehen Menschen in ihren
Alltagstätigkeiten auf.

An einem gewöhnlichen Dezembermorgen bringen Mütter mit ihren
Kleinen ihre Kinder in die Kita, eingebettet in die Atmosphäre eines
Ortes, der seine Wurzeln bewahrt und zugleich dem Wandel der Zeit
Raum gibt.

In den Straßen des Stadtteils, wo die Eltern an diesem denkwürdigen
Dezembertag 2023 in der morgendlichen Hektik ihre Kinder zur Kita
begleiteten, waren Weihnachtsgefühle fernab ihrer Gedanken. Die
Temperaturen von 5 Grad versprachen einen Tag ohne frostige Kälte,
während der Himmel seine Tränen zurückhielt.

Doch der heftige Wind kündigte eine Enthüllung an, der die Gemüter
freudig erregen sollte. Ahnungslos von dem, was kommen sollte,
betraten die Eltern die Kita iauf dem Weg einer ansonsten ruhig
gelegenen Straße mit vielen Wohnanlagen, gegenüber von dem nahe
gelegenen Wohnpark, welche in zwei Stockwerken beheimatet war.

Als die Kleinsten Donnerstagmorgen in die Kita in dem erwähnten
Stadtteil gebracht wurden, staunten ihre Augen, denn es stand
plötzlich ein Weihnachtsbaum im Garten. Daneben lagen zahlreiche
Geschenke. Dabei hatte die Kita-Leitung die man durchaus mit den
Schildbürgern aus einer seinerzeitigen historischen Erzählung
vergleichen kann, genau darauf „im Sinne der
Religionsfreiheit"verzichten wollen.

Lassen wir es bei der beteiligten Vorstandschaft samt Beirat bei dem
Begriff der damit benannten Kita-Schildbürger. Da es nicht einfach

ist, wie bei den Schildbürgern üblich, zwischen Weisheit und Absurdem zu unterscheiden.

Für einen besseren Einblick in das Treiben der Schildbürger in ihrer bemühten Verwaltung werfen wir einen Blick auf ihre Kita, in der sie umsichtig handeln und der „Cancel Culture" ihren Tribut leisten möchten.

Die Kita: Ein kurioses Kleinod im Stadtteil

Einst in einem neu erstandenen Fleckchen dieses ehrwürdigen Feckchens Erde, umgeben von Gebäuden mit Ziegelsteinklinker und den Geräuschen der Großstadt, thront die Kita, ein Mysterium voller Wunder und schrulliger Begebenheiten.

Zwei Etagen hoch, strahlt sie Helligkeit aus wie ein Sonnenstrahl in einem Prismenmeer. Ihre Zimmer sind ein wahres Fest der Farben, mit Fenstern so groß, dass selbst die Wolken vor Neid erblassten. Jede Gruppe hat ihr eigenes Refugium, inklusive individueller Badezimmer, als ob die Kinder Könige eines unentdeckten Reiches wären.

Doch dies ist keine gewöhnliche Kita. Hier werden Kinder im zarten Alter von 11 Monden bis zu sechs Sonnenjahren betreut, in einem Wirbelwind von drei Krippengruppen, drei Elementargruppen und einer mysteriösen Brückenjahrgruppe. Als ob die Vielfalt nicht genug wäre, hält diese Kita sogar für Kinder mit Frühförderbedarf ein bunt gegliedertes Angebot bereit.

Ihre pädagogischen Erkennisse scheinen aus einer anderen Welt zu stammen. Sie sprechen von "Immersion", als ob sie unter Wasser tauchten und die Sprache selbst aus dem Äther schöpften. Werden die kleinen Sprösslinge hier in einem magischen Mix aus Englisch und Deutsch unterwiesen, als ob sie in einem Zirkel von Zauberern geboren wären?

Doch das ist nicht alles! Die Kita scheint sogar die Kräfte des Sports zu besitzen. Mit den benachbarten Sportvereinen tanzen sie im Reich des Sports, nutzen Sporthallen und Plätze, als wären sie die Hüter des heiligen Balls. Ihre Ausflüge sind legendär, von Spielplätzen bis hin zu Orten einer umwelt und volksnahen Orientierung, wie dem nahegelegenen Gehege und der Öffentlichen Bücherhalle, die für manchen ein Tor zu einer anderen Welt sind.

Was jedoch am meisten erstaunt, ist ihre kulinarische Magie. Die Kinder kosten von Vollwertkost und schlürfen stilles Wasser wie Elixier der Götter. Ein Caterer namens "Vollmuuhnd" oder so ähnlich, zaubert täglich frische Mahlzeiten herbei, als ob er die Küche selbst aus dem Hut zauberte.

Doch das Geheimnis dieser Kita liegt nicht nur in ihren Aktivitäten, sondern in der Verbindung mit den Eltern. Treffen mit den Elternvertretern, seltsame "activity days", Elterncafés und Rituale wie Tür & Angel Gespräche – als ob sie Geheimschriften austauschen würden.

Diese Kita, ein Schatzkästlein der Kuriositäten, eine Halluzination des Alltags, führt Kinder in eine Welt, die manche für ein Mysterium halten und andere für den wundersamen Zauber des Lebens.

Bislang erscheint alles wie in anderen Kindergärten auch.

Der Geheimrat des Kita-Reiches

In den verborgenen Kammern des Kita-Reiches, wo die Schleier des
Wissens gehütet werden, versammelt sich der stets besorgte
Vorstand, um die Pfade des Tageslichts zu erkunden. Monatlich
vereint sich der Geheimrat mit den Leitungen, wie die Sterne am
Himmel, um über die Mysterien der Tagespolitik und die
Geheimnisse des Trägers zu debattieren.

Die Verbindungen zwischen Vorstand und den weisen pädagogischen Fachkräften sind stark wie die Wurzeln eines uralten Baumes. Der Vorstand durchstreift regelmäßig die Hallen der Einrichtungen, nimmt an geheimen Teamsitzungen teil und tritt in den Kreis der Elternabende ein, als ob sie Teil einer geheimen Zeremonie wären.

Ihre Anwesenheit ist wie ein Hauch des Geheimnisvollen, während sie sich durch die Pfade der Einrichtungen bewegen. Der Geheimrat des Kita-Reiches, verbunden mit den Schwingungen der Leitungen und der pädagogischen Magie, bewahrt das Wissen, um die Geschenisse der Zukunft zu formen und die Quellen des Wissens zu hüten.

Werfen wir einen Blick auf diese höchsten Schildbürger-Vorstände, denn diesen obliegen wichtige Aufgaben:

Die Geheimnisse der Vorstandsaufgaben im Kita-Reich

Die Hüterin der Wissensvermittlung

In den Räumen der Kita wandelt eine Gestalt, ihrem ehrwürdigen Erfahrungsschatz entsprechend mit kurzen weißen Haaren und einem Seitenscheitel auf der linken Seite, deren Wissen so tiefgründig ist wie die geheimen Pfade eines Labyrinths. Sie, eine Diplom-Psychologin und Meisterin der systemischen Therapie, ist die Hüterin des versteckten Wissens. Nennen wir sie fortan **Ute**. Ihre Aufgabe in dieser erzieherischen Stätte ist es, das interne Fortbildungsprogramm für die Pädagogen und jene, die im Reich der Hauswirtschaft wandeln, zu lenken.

Gemeinsam mit ihrer Vorstandskollegin, ebenfalls einer ehrwürdigen Gestalt, überprüft und verändert sie jährlich die Inhalte dieser Schulung, als ob sie ein altes Buch neu binden würden. Doch das ist nicht ihr einziges Management! Sie trägt die Verantwortung für die Qualitätsentwicklung im Bereich der Fortbildungen. Sie strebt danach, das neueste Wissen aus Pädagogik, Entwicklungs-Psychologie und den verborgenen Ecken der Sozialpädagogik zu enthüllen.

Doch ihre Macht beschränkt sich nicht nur auf das Lehren. Wie eine weise Führerin der fortschreitenden Bildung der anvertrauten kleinen Lebewesen begleitet sie die Kitas persönlich und führt die Pädagogen durch Wirbelstürme von Problemen und Ärgernissen, welche einer Lösung und Verbesserung im Handeln bedürfen. Sie scheint die Sprache der Kinder zu verstehen, als ob sie einen magischen Zaubertrank gekostet hätte. Ihre Reise durch die pädagogischen Reiche begann in einem Kinderheim, führte sie durch die unwirklichen Gassen der Kinder- und Jugendpsychiatrie und ließ sie schließlich im Kita-Bereich landen.

Beratungsangebote für Kinder und Eltern fließen aus ihren Worten wie der Tau aus den Morgengebieten. Sie, die gelernte Erzieherin, verwebt ihre Erfahrungen zu einem Teppich des Wissens und der Führung. In den umwandeten Räumen der Kita steht sie als Hüterin des Wissens und der Weisheit, bereit, ihre Zauberformeln des Verstehens und Wachstums zu verbreiten.

Die Magierin der Seelen der Kinder

In den verschlungenen Führungsebenen der Stiftung verbirgt sich eine Gestalt, deren Verbindung zu den Seelen der Kinder tiefer reicht als der Ozean selbst. Sie mit kinderlieb schauenden Blick in Blond und rechtem Scheitel, eine Psychotherapeutin für die jungen Gemüter, begann ihren magischen Pfad im Jahre 2007 als Hüterin des Horts in der Stiftung. Nennen wir sie fortan **Linda**.

Nach einem kurzen Tanz durch die Wirren der Kinder- und Jugendpsychiatrie kehrte sie im Jahr des Lichts 2011 zurück, in einer anderen Form, als Mitarbeiterin des auf das Wohl aller Beteiligten bedachten Vorstands. Sie erlangte Macht über die Bereiche der Beratung und der Fortbildung, als ob sie die Fäden des Schicksals selbst in den Händen hielt.

Im November des fernen Jahres 2020 wurde sie zur Vorsteherin erhoben, zur Beschützerin des Reichs der Pädagogik und der Psychologie. Sie trägt die Bürde des Wissens über die Seelen der Kinder und überwacht das geheime Fortbildungsprogramm der Kita-

Schildbürger. Als ob sie die Sterne selbst lenken würde, begleitet sie die Einrichtungen persönlich und führt die Pädagogen durch den Nebel der Irrungen und Wirrungen nebst den Absonderlichkeiten mancher Elternschaft.

Doch das ist nicht ihr einziges Aufgabengebiet! Sie ist auch ein Teil des legendären Schildbürger-Beratungsteams, jener Gruppe von Seelenfängern, die das Licht in den Dunkelheiten der Kinderseelen sucht.

Ihre Reise durch die Labyrinthe der Kinderseelen begann also in einem Hort und führte sie durch die wie erwähnt durch die schwindelerregenden Höhen der Psychiatrie. Nun steht sie als Vorsteherin des Herzens der Kinder in der Stiftung bereit, die Geheimnisse der Seelen zu bewahren und die Pfade des Wissens zu ebnen.

Der Hüter des Qualitätszaubers

Ebenfalls bedacht und weise in den Räumen der Stiftung wirkend wandelt ein Mann, dessen Verbindung zur Qualität tiefer reicht als das eines Ministers. Schmuck anzusehen mit Oberlippenbärtchen und als einziger mit rotem Haar, ein Diplom-Sozialpädagoge und Hüter des Qualitätszaubers, durchschritt vor seiner Erhebung in den Vorstand 2022 die durchzuschreitenden Pfade der Stiftung. Nennen wir ihn fortan **Marko**.

Im Jahr der Erleuchtung 2009 betrat er einen anderen Hort als Leiter, um sich den pädagogischen Mysterien der Gemeinschaft zu widmen - Bildungs- und Lerngeschichten, Gespräche über die Entwicklungen der Kinder und sogar Kinderreisen waren seine Schätze. Als Meister des Aufbaus führte er 2012 die die vorher betreute Kita aus den Nebeln der Vergessenheit zurück ins Licht.

Im Jahr der Weisheit 2015 begab sich der Qualitäts-Sachverständige auf eine noch unübertroffene planvolle Reise. Zuerst als Mitarbeiter des weisen Vorstands und dann als Hüter der Qualitätssicherung und

-entwicklung, wandelte er durch die Höhen und Tiefen der Prozesse, welche nur den hellsten Geistern möglich ist.

Nun, als Mitglied des alles überblickenden Vorstands, trägt er endlich die Verantwortung für die Qualität. Er führt das geheime Evaluationsverfahren und beobachtet die externen Prüfungen, als ob er jede Zeile, jedes Wort mit seinem Geist durchleuchten würde. Sein Zauber umfasst die Erkenntnis von Bedarfen, die Gestaltung kompliziert erscheinende Prozesse und die Überführung wissenschaftlicher Erkenntnisse in die pädagogische Praxis.

Doch das ist nicht sein einziges unumstritten wichtiges Handeln! Als Experte für geheimnisvolle Begegnungen zwischen den Generationen berät er Träger und Verbände, als ein wegweisender Sendbote, der den Weg zwischen den oft auseinanderklaffenden Welten kennt.

Er, der Hüter des Qualitätszaubers, immer behut, die Geheimnisse der Qualität zu bewahren und die Pfade des Wissens zu ebnen.

Die Hüterin des Personalgeheimnisses

Man muss schon genau hinhören, wenn die Schritte einer nach dem anderen erklingen, denn auf den Fluren der Stiftung Kindergärten wandelt eine blonde langhaarige Gestalt mit zwei Grübchen im Gesicht, deren Bande zum Personal so stark sind wie die jener Zwillinge welche einstmals so berühmt ihr Publikum durch Tanz erfreuten. Sie, ein Mitglied des klug und bedacht handelnden Vorstands seit den Tagen des Mais im Jahre 2023, ist die Hüterin der Mitarbeiterseelen.Nennen wir sie fortan **Anna**.

Ihr Pfad durch die Organisation begann im ereignisreichen Jahr 2009, als sie ihren Meister in Sozialer Arbeit erlangte. Schon damals, als Sprachförderkraft in der wundernswerten Kita mit dem Sonnennamen, trug sie den Hauch der Sprachen in die Herzen der Kinder.

Als Leitung eines Horts mit dem Namen einer wilden Vogelgattung öffnete sie Tore zu unbekannten Welten und leitete auch jahrelang die sagenumwobene Kita welche nach dem Berg benannt ist. Ihre Reise führte sie als Bereichsleitung durch die Welten der Stiftung, sammelte Erfahrungen aus allen Ecken und Winkeln, und erhöhte ihre Weisheit Tag um Tag immer mehr.

Doch ihr Herz schlug stets für die Seelen des Personals. Als Schöpferin von Erfahrungen leitete sie die Eingewöhnung neuer Leitungen, um sie sicher durch die verschlungenen Ereignisse mit Eltern, Kindern und Kolleginnen zu führen. Sie war die Hüterin der Beobachtung mit Dokumentation, wie wenn sie die Geheimnisse der entscheidenden Augenblicke des Alltags verstand. Als Ansprechpartnerin der Schulstandorte wirkte sie wie eine Brücke zwischen den Horizonten zwischen Lernspiel und reiner Wissensvermittlung.

Nun, als Mitglied des weisen Vorstands, trägt sie die Verantwortung für das Personal, als ob sie die Strahlen der Sonne selbst lenken würde. Ihr Zauber umfasst die interne Fortbildung, umfassend einer Sprache die Weisheit lehren kann.

Sie, die Hüterin des Personalgeheimnisses, Glück und Wohlwollen verheißend umhüllt sie mit ihrer Gegenwart die Stiftung der Kindergärten diesen Ortes, bereit, auch die Geheimnisse der Mitarbeiterseelen zu bewahren und ihnen die Pfade des Wissens zu ebnen.

Der Schildbürger-Rat – Ein Spiel aus Vermittlung und Komik

In den lichtdurchfluteten Gängen der Kita versammelten sich allwöchentlich die Mitglieder des legendären Schildbürger-Rats. Ihre Aufgaben waren so vielfältig wie skurril: Sie hatten keine Entscheidungsbefugnis, aber stets eine riesige Palette an Aufgaben vor sich liegen.

Ihr legendäres Vermittlungsgeschick, so dachten vielleicht einige, bestand darin, zwischen der Kita-Leitung, dem Träger und den Eltern zu jonglieren – und das, wie sich noch zeigen wird ohne auf den Boden der Vernunft zu kommen.

Ihr Auftrag? Die Interessen der Elternschaft in einer sagen wir, beratenden und mehr von ihren Grundideen heraus zu überzeugen, dass so wie es geplant ist, das Beste sei.

Sie diskutierten auch hitzig über die Grundsätze der Erziehungs- und Bildungsarbeit, wobei Ideen von einem "Zirkus-Tag" bis hin zu "Hut-mit-Socken-Tagen" aufkamen – nicht unbedingt die gewöhnlichen pädagogischen Ansätze umfassten. Dabei vergaßen sie nie, über die räumliche, sachliche und personelle Ausstattung zu sinnieren. Einmal war sogar die Idee eines "Wolkenpflück-Workshops" im Gespräch, um den Horizont zu erweitern.

Die Kriterien für die Aufnahme von Kindern in die Einrichtung wurden kontrovers diskutiert: Ein Mitglied schlug laut einem Gerücht angeblich vor, Kinder nur mit einem Zeigefinger, der länger

als der Mittelfinger ist, aufzunehmen, während ein anderer, so
kursiert das Gerücht - meinte, man solle Kinder anhand ihres
Lieblingsobstes auswählen – dies würde schließlich die gesunde
Ernährung fördern!

In größeren Einrichtungen wurde der Posten im Schildbürger-Rat oft
heiß umkämpft. Ein kurzer Steckbrief war der Schlüssel zur "Macht"
– oder besser gesagt, zur humorvollen Teilnahme an diesem
geistreichen Zirkus der Gedanken.

Und in kleineren Einrichtungen? Nun, dort suchte man mitunter
vergeblich nach Vertretern, die sich diesem oftmals fast schon
amüsanten Chaos anschließen wollten. Einige Eltern verzweifelten
daran, während andere dem Treiben des Schildbürger-Rats
schmunzelnd zusahen und sich fragten, was sich wohl als nächstes
durch ihre "weisen" Entscheidungen verwirklichen würde.

Aber welch eine Fügung, hatte doch genau diese Kita so
strebenswerte und hochpromovierte Schildbürger als Beiräte
gefunden:

Die Weisen des Beirats: Vermächtnis des Weihnachtsbaum-Rätsels

Tief in den kindheitsförderlichen Umschweifungen der Stiftung Kindergärten versammelt sich der erwählte Beirat, eine Elite von wahrhaft Weisen und Denkern, deren Geist so klar ist wie das Wasser der Quellen und ohne deren Kompetenz die Kinder wohl in Dumpfheit und sinnloser Tandelei bis in das Schulalter hätten verweilen müssen.

Eine Frau mit Doktortitel, promovierte Kinderphilosophin, Dozentin und Autorin, erhebt sich als Wächterin des Denkens. Mit zahlreichen Auszeichnungen für ihre Arbeit im Philosophieren mit Kindern, trägt sie die Weisheit der Gedanken wie eine königliche Krone. Nennen wir sie fortan **Doktor Kristina**.

Eine Professorin und Lehrerin der Institutionenentwicklung und des Managements, thront als Hüterin der Struktur. In den Tiefen der Hochschule für Angewandte Wissenschaften formt sie hauptberuflich die Pfade des Wissens und des Fortschritts. Nennen wir sie fortan **Professor Doktor Daniela**

Eine weitere Professorin, hauptberuflich eine Lehrerin der Psychologie mit einem Schwerpunkt auf Arbeits- und Organisationspsychologie, erhellt die dunklen Winkel der Leitung und des Managements in Sozialunternehmen. Ihre Weisheit fließt wie ein Fluss durch die Gedankenwelten der Stiftung. Nennen wir sie fortan **Professor Doktor Petra**.

Der einzige Mann in dem von Frauen dominiertem Beirat, ebenfalls mit Doktortitel, ein Ruheständler des Rechts, lenkt die Pfade des Gesellschaftsrechts und der gemeinnützigkeitsrechtlichen Fragen wie ein erfahrener Navigator durch rechtschaffene Gewässer. Nennen wir ihn fortan **Doktor Matthias**.

Die Zusammenkunft dieser Weisen und Denker mag in diesem Winter der intellektuellen Geheimnisse der Weihnachtsbaumverweigerung zu ernsthaften endgültigen Maßnahmen führen. Ihre klugen Ratschläge könnten von tiefgründigen Überlegungen und reichhaltigen Diskussionen über Tradition, Vielfalt und Religionsfreiheit geprägt sein, die die Stiftung schon bald in ein neues Licht der Öffentlichkeit rücken werden.

Als Hüter des Wissens und der Überlegung lenken sie die Ströme des Denkens und des Rechts und sind vielleicht die geheimen Architekten des Schicksals, die die Wege der Stiftung Kindergärten formen.

Und trotz oder vielleicht wegen ihrer Weisheit, welche dem normalen Bürger unverständlich erscheinen mag, entsprang dieser Schildbürger-Leitung Tage ein genialer Schildbürgerstreich, der diesen Ort der kindlichen Bildung weit über Hamburg, ja über das gesamte Land bekannt machen sollte und in der Presse, sowie in zahlreichen Kommentaren und in den sozialen Netzwerken für die Erregung der Gemüter sorgte.

Die absurde Entscheidung

Es begab sich zu einer Zeit, da die Sonne noch zaghaft ihre Strahlen auf die vorgenannten weisen Vordenker dieser Einrichtung schickte. Die klugen Köpfe der Kindergartenleitung beschlossen auf wundersame Weise, dass dieses Jahr keine festlichen Weihnachtsbäume die Kita schmücken sollten. Warum, fragt ihr? Aus "religiösen Gründen, wir trenten ein für Relgionsfreiheit", so sagten sie. "Wir wollen niemandes Glauben ausschließen", tönten sie mit ernsten Mienen, als ob ein prächtiger Tannenbaum eine Gefahr für die Welt darstellte. In wieweit sich Freiheit mit Verbot in Übereinstimmung bringen lässt, das übersteigt meinen vielleicht töpelhaften Verstand.

In einem typisch schildbürgerischen Gespräch zwischen der Vorstandschaft und den Beiräten über die Gestaltung des Kindergartens in der Weihnachtszeit könnten sie auf absurde und skurrile Ideen gekommen sein, wie sie den Kindergarten "neutral" gestalten könnten. Natürlich wissen wir es nicht im Detail, aber vielleicht könnte es sich so oder ähnlich abgespielt haben:

Leitung (repräsentiert durch die Schildbürger-Leitung):

Ute: "Also, liebe Beiräte, wir müssen über das Thema Weihnachtsbaum sprechen. Wir hatten ja weit voraus schauend überlegt, aus religiösen Gründen, der Religionsfreiheit, darauf zu verzichten. Aber gibt es da nicht noch mehr?"

Doktor Kristina:
"Nun ja, wir haben ja desöfteren über die Vielfalt unserer Kinder gesprochen. Nicht alle, so ist es wissenschaftlich nachweisbar, feiern Weihnachten."

Linda:
"Richtig, es wäre unfair, nur eine Tradition zu betonen. Aber ist das der einzige Grund?"

Professor Doktor Daniela:
"Wir wollen doch auch keine Konflikte mit anderen Eltern hervorrufen, die vielleicht andere Feiertage feiern."

Marko: "Genau, wir wollen niemanden ausschließen. Und was ist mit der Sicherheit? Der Baum könnte umkippen!"

Professor Doktor Petra:
"Stimmt, das könnte gefährlich werden. Und dann die Dekoration! Könnte das nicht zu Chaos führen?"

Anna: "Absolut, das könnte ein ziemliches Durcheinander verursachen. Aber warten Sie, gibt es nicht auch ökologische Gründe?"

Doktor Kristina:
"Ah, das hatten wir auch in unsere umfassenden Überlegungen eingeschlossen. Die Bäume müssen ja gefällt werden,
das ist nicht gerade umweltfreundlich."

Anna: "Genau, und was ist mit den Nadeln? Die könnten überall landen!"

Professor Doktor Daniela
"Eine echte Herausforderung für unsere Reinigungskräfte."

Linda:
"Ja, und dann die Kinder! Was ist, wenn sie allergisch sind?"

Doktor Matthias: "Das wäre eine Katastrophe!
Wir können das Risiko rein rechtlich nicht eingehen."

Ute: "Also, um das zusammenzufassen: Es gibt viele
Gründe, warum wir keinen Baum aufstellen sollten.
Es ist nicht nur eine Frage der Religion, sondern der
Vielfalt, Sicherheit, Ordnung und Umwelt. Und
deshalb sind wir uns einig, dass es das
Beste ist, darauf zu verzichten."

Beiräte: "Genau, wir sind die Verantwortlichen
der Vernunft!"

Marko: "Ein weiterer Aspekt, den wir bedenken müssen,
ist die Frage, ob sich Kinder anderer Glaubensrichtungen,
wie zum Beispiel muslimische Kinder, durch das Aufstellen des Weihnachtsbaums benachteiligt fühlen könnten. Wir wollen niemanden ausschließen."

Doktor Kristina:
"Stimmt, das könnte zu Unbehagen führen, besonders wenn der Fokus so stark auf einer christlichen Tradition liegt."

Anna: "Aber ist das nicht ein Teil der deutschen Kultur, dem Land, in das sie eingewandert sind?"

Professor Doktor Daniela:
"Ja, aber sie sind in einer multikulturellen Gesellschaft aufgewachsen. Wir sollten alle Kulturen berücksichtigen und unsere bisherigen Vorstellungen zugunsten unserer Einwanderer aufgeben"

Marko:
"Genau, wir müssen respektvoll gegenüber verschiedenen Glaubensrichtungen sein. Daher auch kein Schweinefleisch mehr.
Aber wie können wir das umsetzen?"

Professor Doktor Petra:
"Vielleicht könnten wir als Kompromiss die kulturelle
Vielfalt stärker betonen, nicht nur die christliche Tradition."

Linda:
"Das ist eine Idee. Wir könnten verschiedene Feiertage und Bräuche der verschiedenen Kulturen feiern,
mal abgesehen von den christlichen, da diese vielleicht als übergriffig empfinden könnten."

Doktor Kristina:
"Das wäre eine großartige Möglichkeit,
die Vielfalt viel stärker zu würdigen und ein Gefühl der
Inklusivität zu schaffen."

Ute:
"Genau, es geht darum,
dass sich alle Kinder in unserer Einrichtung
willkommen und respektiert fühlen."

Doktor Matthias: "Richtig. Aber sollten wir nicht
auch die Eltern einbeziehen? Sie könnten wichtige
Einsichten und
Perspektiven bieten."

Anna: "Absolut, die Eltern könnten eine wertvolle
Rolle
dabei spielen, eine inklusive Umgebung zu schaffen.
Obwohl wir sie widerum - intellektuell nicht
überfordern sollten"

Professor Doktor Petra:
"Also, es scheint, als ob wir verschiedene Feiertage
und Traditionen besser integrieren sollten, um eine
umfassendere Kulturvielfalt zu fördern."

Linda:
"Das klingt nach einem guten Ansatz.
Wir wollen schließlich eine Gemeinschaft fördern,
in der sich jedes Kind wertgeschätzt fühlt."

Ute: "Wisst ihr, es gibt einen vergleichbaren Fall
aus Kassel im Jahre 2016, der ein wenig unsere
Situation widerspiegelt. Dort gab es Unzufriedenheit
einiger Eltern, weil christliche Rituale in einer Kita
vermieden wurden, in
der viele muslimische Kinder sind."

Doktor Kristina:
"Ja, das erinnere ich mich. Die Stadt betonte die
Wichtigkeit, christliche Traditionen zu pflegen, selbst
in einer Einrichtung mit überwiegend muslimischen
Kindern."

Marko: "Aber die Föderation der Türkischen
Elternverbände unterstützte die Einbindung von
Weihnachtsbäumen und betonte, dass man auch
muslimische Feste respektieren solle."

Professor Doktor Daniela:
"Genau, sie wiesen darauf hin, dass das Aussparen
von Festen aus Respekt oft das Gegenteil bewirkt."

Marko: "Die Evangelische Kirche hob hervor, wie
wichtig es ist, auf die Bedürfnisse aller Kinder
einzugehen, unabhängig von ihrer religiösen
Zugehörigkeit."

Doktor Matthias: "Das klingt nach einem komplexen
Balanceakt. Wie können wir das in unserer Kita
umsetzen?"

Linda: "Vielleicht könnten wir, wie bereits
angesprochen,
eine inklusive Atmosphäre schaffen, die verschiedene
Feierlichkeiten umfasst und dennoch die Vielfalt
der Religionen respektiert."

Doktor Kristina:
"Das wäre eine Möglichkeit, ein Gleichgewicht zwischen den religiösen Traditionen zu finden und dennoch alle Kinder einzubeziehen."

Marko: "Wir könnten es ähnlich wie die Stadt Kassel handhaben, christliche Rituale zu pflegen, aber auch den muslimischen Festen Raum zu geben."

Professor Doktor Daniela:
"Das könnte eine gute Lösung sein,
um die Vielfalt der Kulturen zu würdigen und gleichzeitig
eine inklusive Umgebung zu schaffen."

Ute:
"Wenn wir den Weihnachtsbaum entfernen, sollten wir auch überlegen, alle Kruzifixe zu entfernen. Schließlich könnten sie sich für Nicht-Christen ebenso beleidigend anfühlen."

Ohh weh, ich ahne schlimmes, denn bestimmt taucht eine weitere Überlegung auf, um zu verhindern, dass andersgläubige Kinder oder der deren Eltern sich in ihrer Religionsfreiheit eingeschränkt fühlen könnten.

Doktor Kristina:

"Das ist eine großartige Idee! Aber denkt
auch an andere Dinge. Was ist mit Obstschalen?
Könnten sie nicht als religiöse Symbole interpretiert
werden? Adam und Eva, der Sündenfall... das könnte
jemanden beleidigen!"

Nun es ist manchmal schwer zu unterscheiden, ob ein Einwand als
Scherz oder aus der tiefgründigen Weisheit, zu welcher ich nicht
fähig bin, zu entspringen vermag.

Anna: "Oh, das stimmt. Aber was ist mit den
Fenstern?
Sollten wir nicht auch die Fenster entfernen?
Jemand könnte Wolken als religiöse Zeichen
interpretieren!"

Doktor Kristina:

"Genau! Und was ist mit den Keksen in der
Kantine? Runde Formen könnten als Kreise
interpretiert werden, die für religiöse Rituale stehen!"

Ute:
"Das ist absurd... aber was ist mit den Stühlen?
Könnten sie nicht als Thron interpretiert werden
und jemanden beleidigen?"

Ich bin nicht sicher, ob hier die Gedanken in schwindelerregende
abstruse Höhenflüge einer vielleicht doch übertriebenen Besorgnis
entgleisen.

Professor Doktor Daniela:
"Richtig! Und was ist mit der Decke?
Die Farbe Blau könnte für Himmel gehalten werden
und jemanden stören, der nicht an den Himmel
glaubt!"

Marko: "Das ist lächerlich! Aber Moment mal,
die Zahnpasta im Badezimmer... sie ist weiß!
Könnte das nicht jemanden stören, der sich durch
Reinheit beleidigt fühlt?"

Doktor Matthias: "Ja! Wir sollten alles entfernen, was irgendwie eine Assoziation mit irgendeiner Form von Idee oder Religion haben könnte! Das wäre fair für alle!"

Linda:
"Das ist es! Lasst uns alles entfernen und einen neutralen, leeren Raum schaffen!
Das wird sicher niemanden beleidigen…"

Professor Doktor Daniela:
"Um nocheinmal auf den Tannenbaum zurückzukommen: Was ist mit den Gerüchen des Baumes? Vielleicht sind die Kinder allergisch gegen Tannenduft!"

Anna: "Oder wir stellen einen Baum auf, aber ohne Äste!
Ein künstliches, astloses, Geruchs-neutralisiertes Modell."

Doktor Kristina:
"Vielleicht sollten wir stattdessen eine Giraffe
aufstellen? Die ist groß und hat auch keine Nadeln!"

Ute:
"Aber was, wenn die Giraffe den Kindern
zu nahe kommt? Vielleicht eine Giraffe auf Stelzen?"

Professor Doktor Petra:
"Oder... ein Roboter-Giraffen-Hybrid,
der Geschenke bringt?"

Ute:
"Ich glaube, wir gehen vom Thema ab...
aber was ist mit einem 'Baum' aus Bausteinen? Ein
Lego-Baum!"

Marko: 
"Ein Baum, den die Kinder jeden Tag
neu aufbauen können! Dann ist er jeden Tag anders!"

Doktor Kristina: 
"Was ist, wenn die Kinder denken,
der Lego-Baum wäre ein Spielzeug?"

 Linda:
"Halt! Was ist mit einem lebendigen,
sprechenden Baum? Er könnte den Kindern
Weihnachtsgeschichten erzählen!"

Alle: Staunen "Ja, ein sprechender Baum!"

Ute:
"Aber was, wenn der Baum den Kindern
beibringt, Unfug zu machen?"

Alle: Inbrünstig "Stimmt, das geht wirklich zu weit!"

Anna: "Vielleicht ist es die Höhe des Baumes!
Könnte er die Kinder einschüchtern?"

Professor Doktor Petra:
"Oder die Farbe Grün! Vielleicht sollte der
Baum eine andere Farbe haben, um niemanden zu
verunsichern?"

Marko:
"Oder... keine Nadeln! Ein nadelloses,
farbloses Baum-Äquivalent?"

Professor Doktor Daniela "
Vielleicht könnte er animiert sein!
Ein interaktiver, digitaler Baum?"

Linda:
"Oder... ein schwebender Baum?
Einer, der nicht am Boden steht?"

Doktor Matthias: "Oder... haben Bäume überhaupt
Wurzeln? Vielleicht sollten wir den Baum komplett
entwurzeln,
damit er niemanden an seine Vergangenheit erinnert?"

Ute: "Moment mal, könnten die Kinder nicht denken,
der Baum ist ein Alien, wenn er schwebt?"

Alle: Stille

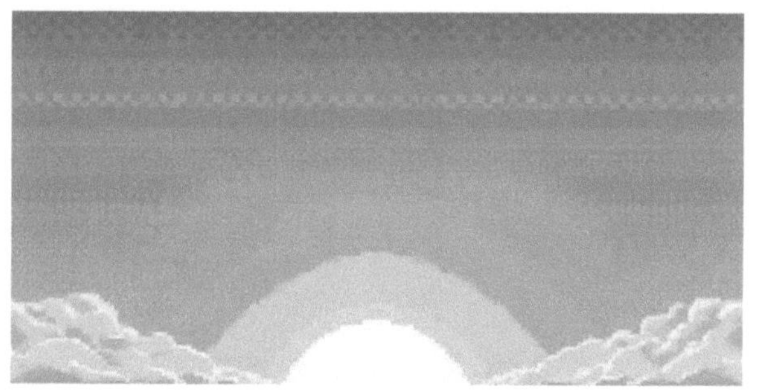

Das Leben kehrt wieder zurück

Anna: "Vielleicht sollte der Baum unsichtbar sein!
Dann kann ihn niemand sehen und sich niemand
gestört fühlen!"

Doktor Matthias: "Was ist, wenn die Kinder denken,
der Lego-Baum wäre ein Spielzeug?"

Anna: "Halt! Was ist mit einem lebendigen,
sprechenden Baum? Er könnte den Kindern
Weihnachtsgeschichten erzählen!
Ohh das war nicht gut"

Alle: Staunen "Ja, ein sprechender Baum!"

Professor Doktor Petra:
"Aber das ist doch genau das,
was wir verhindern müssen –
Weihnachtsgeschichten."

Ute: "Aber was, wenn der Baum den Kindern beibringt, Unfug zu machen?"

Alle: Inbrünstig "Stimmt, das geht wirklich zu weit!"

Nun wir können nur erahnen, ob diese Überlegung der großen Weisheit unserer Schildbürger oder den mehreren Gläschen Glühwein hätten entspringen können. Aber leider waren dadurch noch nicht alle Verpflichtungen gegenüber einer religiösen Neutralität und der Religionsfreiheit gelöst.

Marko: "Leute, wir haben das Weihnachtsbaum-Problem zwar nicht gelöst, aber jetzt
müssen wir über das Lied 'Oh Tannenbaum' sprechen."

Doktor Kristina:
"Ja, das Lied könnte Probleme verursachen. Es ist zu baumzentrisch!"

Linda: "Aber was ist mit dem Begriff 'Tannenbaum'?
Könnte das nicht Nadelbaumistisch klingen?"

Professor Doktor Daniela
"Vielleicht sollten wir es umbenennen? 'Oh
Neutralbaum' oder 'Oh Pflanzenobjekt'?"

Schade dass die Gendedebatte noch nicht die Themen Baum, Pflanze
und Natur erreicht hat. Aber man soll niemals nie sagen.

Anna: "Was ist mit der Melodie von Oh
Tannenbaum?
Könnte sie zu eingängig und eine gewisse
Unverbindlichkeit vermissen lassen?"

Doktor Matthias: "Ja, es könnte bei genauer
Abwägung
zu viel Freude vermitteln!
Vielleicht sollten wir eine traurigere Melodie wählen?

Wir müssen verhindern, dass sich christliches Gedankengut
und sei es nur durch eine Melodie in den Vordergrund
drängt."

Beiläufiges Nicken der Beteiligten.

Marko:
"Und der Text! Er erwähnt, dass der Baum
'immer grün' ist.
Das ist unfair gegenüber anderen Bäumen!"

Professor Doktor Petra:
"Stimmt! Wir brauchen ein Lied, das alle
Jahreszeiten berücksichtigt. 'Oh Laubbäume in all
deiner Vielfalt' vielleicht?"

Alle: "Ja, das ist es! Ein neutraleres, jahreszeitenübergreifendes
Lied!"

Ute: "Leute, haben wir über das Lied
'In der Weihnachtsbäckerei' nachgedacht?
Es ist verboten wegen diesen Gemas und
ihren Regelungen!"

Professor Doktor Petra:
"Aber ist es nicht ein Armutszeugnis,
dass wir dieses Lied nicht singen dürfen?
Die Kinder lieben es doch so sehr!"

Marko:
"Aber was ist mit den Notenkopien?
Wenn wir ohne diese singen, benötigen wir wohl
Einzel-Lizenzen. Aber wie bekommt man die
online?"

Doktor Kristina:
"Vielleicht sollten wir das Lied einfach
umdichten? 'In der neutralen Backstube', vielleicht?"

Anna: "Ja, oder wir machen ein
'Lied-selbst-Sing-Programm'! Die Kinder
komponieren
ihre eigenen Lieder!"

Professor Doktor Daniela:
"Aber könnten wir nicht einfach singen und uns
entschuldigen, wenn die Gemas sauer werden?"

Linda:
"Hmm, vielleicht könnten wir statt zu singen,
eine Bäckerei-Show machen!
Backen ist auch musikalisch, oder?"

Professor Doktor Daniela:
"Oder wir bitten die Kinder, das Lied
stumm zu singen, damit die Gemas es nicht hören!"

Alle: "Ja, stilles Singen! Das ist die Lösung!"

Ute:
"Wartet mal, denken wir genug über
andere Kulturen nach? 'In der Weihnachtsbäckerei'
könnte doch andere Kinder ausschließen, oder?"

Professor Doktor Petra:
"Aber es ist doch nur ein Lied über
Backen in der Weihnachtszeit! Wir wollen
niemanden ausschließen."

Marko:
"Aber was ist, wenn es sich für andere
Glaubensrichtungen anfühlt, als würde man sie
ignorieren?"

Doktor Matthias: "Vielleicht könnten wir das Lied
umschreiben? '
In der universellen Bäckerei', vielleicht?"

Anna: "Oder wir machen eine 'Bäckerei-Tour'
und zeigen verschiedene Backtraditionen!"

Doktor Matthias: "Aber das würde die Tradition des Liedes verändern."

Linda:
"Dann singen wir das Lied doch, aber mit geschlossenen Mündern! So kann niemand behaupten,
dass wir diskriminieren."

Professor Doktor Daniela:
"Oder... wir führen eine 'Backen ohne Gesang'-Sitzung ein!"

Alle: "Ja, eine stille Backsession! Das ist es!"

Manchmal führen Schildbürger wirklich zu den außergewöhnlichsten Lösungen!

Doktor Kristina:
"Ich denke, wir sollten über die Weihnachtslieder generell nachdenken, die wir den Kindern vorspielen. Einige könnten möglicherweise andere Glaubensrichtungen ausschließen."

Anna: "Aber diese Lieder sind doch so festlich und bringen die Kinder in Weihnachtsstimmung."

Professor Doktor Petra:
"Ja, aber was ist mit 'Stille Nacht, heilige Nacht'? Könnte das nicht als eine exklusive Feierlichkeit für christliche Kinder betrachtet werden?"

Marko:
"Das ist ein Klassiker! Aber stimmt, es könnte sich jemand ausgeschlossen fühlen."

Professor Doktor Petra:
"Vielleicht sollten wir es durch 'Ruhige Nacht, friedliche Nacht' ersetzen? Das könnte niemanden ausschließen."

Linda:
"Das ändert aber die Bedeutung des Liedes.
Was ist mit 'Oh Tannenbaum'? Wir hatten es schon
angesprochen! Könnte das nicht auch
gegen andere Baum-Traditionen verstoßen?"

Professor Doktor Petra:
"Stimmt, vielleicht sollten wir es durch
'Oh Grüner Baum' ersetzen? Damit könnten wir die
Vielfalt anerkennen."

Professor Doktor Daniela:
„Ohh, ich erinnere daran, das Thema
Tannenbaum das hatten wir schon durch."

Professor Doktor Petra:
„Ja stimmt, das hatte ich bei meiner
Fürsorge für die lieben Kleinen ganz vergessen."

Ute:
"Aber das klingt doch nicht so festlich!
Wie wäre es, wenn wir einfach Lieder ohne Wörter
singen? Das kann niemanden beleidigen."

Doktor Kristina:
"Oder... wir lassen die Kinder einfach
Geräusche machen, die an Weihnachten erinnern!
Jingle Bells, aber als Pfeifen und Summen!"

Alle: "Ja, Geräusche sind neutral!"

Manchmal führen Schildbürger wirklich zu den ungewöhnlichsten Vorschlägen, um niemanden und nichts eventuell zu diskreminieren!

Anna: "Leute, wir haben ein weiteres Problem. Die Eltern könnten Kekse mitbringen, die Formen wie Tannenbäume, Engel oder Sterne haben. Wie stehen wir dann zu kultureller Vielfalt und religiöser Gleichheit?"

Doktor Matthias: "Oh, das könnte tatsächlich problematisch sein.
Könnten diese Kekse nicht als Diskriminierung anderer Formen oder Figuren gesehen werden?"

Linda:
"Vielleicht sollten wir den Eltern eine Liste mit genehmigten Keksformen schicken, damit keine religiöse oder kulturelle Konnotation entsteht."

Professor Doktor Daniela:
"Das könnte die Auswahl etwas einschränken.
Aber was ist, wenn wir die Kekse einfach rund machen?
Runde Kekse sind neutral!"

Marko: "Aber runde Kekse könnten als Diskriminierung der viereckigen Keks-Form angesehen werden."

Doktor Kristina:
"Vielleicht sollten wir keine Kekse erlauben.
Nur Obst. Das ist sicher neutral und inklusiv!"

Marko:
"Aber was ist mit Früchten in
unterschiedlichen Formen? Äpfel, Birnen,
Bananen... die könnten auch jemanden beleidigen!"

Professor Doktor Petra:
"Ja, Obst in Form von Quadraten, um
sicherzustellen, dass niemand sich ausgeschlossen
fühlt!"

Alle: "Quadratisches Obst ist die Lösung!"

Manchmal kommen die absurdesten Ideen auf den Tisch, wenn man versucht, alles politisch korrekt zu gestalten.

Die nächtliche Überraschung

Doch die Weisen dieser Kita hatten nicht mit Schröder gerechnet, einem mutigen und listigen Mitbürger aus der Nachbarschaft. In einer finsteren Nacht, als die Sterne über der denkwürdigen Stätte zu tanzen schienen, führte Schröder eine geheime Mission aus: einen prachtvollen Weihnachtsbaum mit funkelndem Schmuck und kostbaren Geschenken im Garten der Kita zu platzieren. Ein Akt der Güte für die Kinder, doch für die Kita-Leitung aus den vorhergehenden tiefgreifenden und richtungsweisenden Überlegungen heraus, ein Akt der Verwirrung und des Ärgers.

Das Rätsel der Kita-Leitung

Die klugen Köpfe der Kita-Leitung waren entsetzt über den nächtlichen Besuch des listigen Schröders. Sie entfernten den Baum, erklärten die Tat zur Straftat und ließen sogar die Geschenke von der sorgsam bedachten Polizei auf ihre Herkunft untersuchen. "Hausfriedensbuch!" schrien sie, als ob der Baum eine Armee von Tintenfischen beherbergt hätte.

Die gutgemeinte Schlauheit des Schröders

Schröder, voller Mitgefühl denn je, verfasste einen offenen Brief an die Kita-Leitung, in dem er den Sinn eines Weihnachtsbaumes für Gemeinschaft und Wärme erklärte. "Integration ist das Zauberwort!" verkündete er. Er wollte sogar einen feierlichen Termin zur Geschenkeübergabe mit Keksen und internationalen Weihnachtsliedern arrangieren. Doch die klugen Köpfe der Kita-Leitung schienen, wie man sich gut vorstellen kann, taub für solche Worte.

Die Diskussion der Schildbürger

Die Geschichte von Schröders mutiger Tat verbreitete sich wie ein Lauffeuer unter den Kita-Schildbürgern. Und wiederum brachen Diskussionen aus über Traditionen, Integration und den Wert von Festen für Kinder. "Ist ein Baum wirklich so gefährlich?" fragten sie sich und sannen über die Zukunft der Kinder und ihrer Kulturen nach.

Und wenn sie auch heute nicht mehr über den Weihnachtsbaum diskutieren, so finden sich über das Jahr verteilt doch genügend christliche Feste und Feiertage, denen man in Zukunft im Sinne einer frei vom christlichen Glauben definierten Weltanschauung entschieden entgegentreten kann.

Mögliche zukünftige Leithesen einer linken sozialistischen Gesinnung

Strategien um Kinder vor der christlichen Religion schützen

Es ist wichtig, dass Kinder in einem Kindergarten eine Umgebung haben, in der sie sich sicher und wohl fühlen. Wenn Eltern ihre Kinder nicht in einer christlichen Umgebung erziehen möchten, gibt es verschiedene Möglichkeiten, wie sie ihre Kinder vor der christlichen Religion schützen können. Hier sind einige vollkommen abstruse Gedanken, mit denen sich die Kita-Schildbürger Gedanken machen können:

1.**Kinder in einer Blase halten**: In einer Welt, in der Kinder vor der christlichen Religion geschützt werden sollen, könnten sie in einer Blase gehalten werden, in der sie nur mit Menschen interagieren, die nicht religiös sind. Sie würden nie mit Christen in Kontakt kommen und hätten keine Möglichkeit, etwas über die christliche Religion zu erfahren.

2.**Christliche Symbole verbieten**: In einer Welt, in der Kinder vor der christlichen Religion geschützt werden sollen, könnten christliche Symbole in Kindergärten verboten werden. Keine Kreuze, keine Bilder von Jesus oder Maria, keine Weihnachtsdekorationen. Alles, was mit der christlichen Religion zu tun hat, würde aus dem Kindergarten entfernt werden.

3.**Christliche Lieder verbieten**: In einer Welt, in der Kinder vor der christlichen Religion geschützt werden sollen, könnten christliche Lieder in Kindergärten verboten werden. Kein "Stille Nacht" oder "Oh Tannenbaum". Keine Lieder, die sich auf die christliche Religion beziehen.

4.**Christliche Bücher verbieten**: In einer Welt, in der Kinder vor der christlichen Religion geschützt werden sollen, könnten christliche Bücher in Kindergärten verboten werden. Keine Bibelgeschichten, keine Geschichten über Jesus oder Maria. Keine Bücher, die sich auf die christliche Religion beziehen.

Diese Gedanken sind vollkommen abstrus und sollen verdeutlichen, wie wichtig es ist, dass Kinder in einem Kindergarten eine Umgebung haben, in der sie sich sicher und wohl fühlen. Es ist jedoch auch wichtig, dass Kinder lernen, andere Kulturen und Religionen zu respektieren und zu tolerieren.

Mit welchen abstrusen und vollkommen, ja fast schizzophrenen Maßnahmen können Maßnahmen könnte man in einem Kindergarten mit Kindern unterschiedlicher Religionszugehörigkeit verhindern, dass diese mit der christlichen Relegion in der Weihnachtszeit in Berührung kommen?

Es ist wichtig, dass Kinder in einem Kindergarten eine Umgebung haben, in der sie sich sicher und wohl fühlen. Wenn Eltern ihre

Kinder nicht in einer christlichen Umgebung erziehen möchten, gibt es verschiedene Möglichkeiten, wie sie ihre Kinder vor der christlichen Religion schützen können. Hier sind einige vollkommen abstruse weiterführende Gedanken:

1.**Weihnachtszeit verbieten**: In einer Welt, in der Kinder vor der christlichen Religion geschützt werden sollen, könnte die Weihnachtszeit verboten werden. Keine Weihnachtslieder, keine Weihnachtsdekorationen, keine Weihnachtsgeschenke. Alles, was mit Weihnachten zu tun hat, würde aus dem Kindergarten entfernt werden.

2.**Christliche Kinder verbannen**: In einer Welt, in der Kinder vor der christlichen Religion geschützt werden sollen, könnten christliche Kinder aus dem Kindergarten verbannt werden. Nur Kinder, die keiner Religion angehören, dürfen den Kindergarten besuchen.

3.**Christliche Kinder isolieren**: In einer Welt, in der Kinder vor der christlichen Religion geschützt werden sollen, könnten christliche Kinder in einem separaten Raum unterrichtet werden. Sie hätten keinen Kontakt zu den anderen Kindern und würden eine andere Unterrichtseinheit absolvieren.

4.**Christliche Kinder bestrafen**: In einer Welt, in der Kinder vor der christlichen Religion geschützt werden sollen, könnten christliche Kinder bestraft werden, wenn sie über ihre Religion sprechen. Sie müssten eine Strafe zahlen oder eine andere Art von Bestrafung absolvieren.

Cancel Culture

Cancel Culture ist ein politisches Schlagwort, das systematische Bestrebungen zum partiellen sozialen Ausschluss von Personen oder Organisationen bezeichnet, denen beleidigende, diskriminierende, rassistische, antisemitische, verschwörungsideologische, bellizistische, frauenfeindliche, frauenverachtende, homophobe oder transphobe Aussagen beziehungsweise Handlungen vorgeworfen werden. Das Schlagwort wird mitunter auch von jenen verwendet, denen diskriminierendes Verhalten vorgeworfen wurde, und erlangt häufig große mediale Aufmerksamkeit1. Ein mit Cancel Culture verwandter Begriff ist Deplatforming, was bedeutet, Betroffenen die öffentlichen Plattformen zu entziehen.

Seien Sie gespannt auf weitere Folgen meiner Schildbürger-Publikationen.

Ihr Holger Kiefer

Über den Autor

Holger Kiefer ist ein renommierter Experte im Bereich der populärwissenschaftlichen Medizin, mit Veröffentlichungen, erschienen bei heil-weg.de/verlag und mit umfangreicher Erfahrung in der Vermittlung komplexer medizinischer Themen an ein breites Publikum. Als Dozent und Mental Health Master Coach hat er sich darauf spezialisiert, medizinische Themen unter https://heil-weg.de/verlag und mentale Themen unter https://kiefer-coaching.de/verlag auf verständliche und fesselnde Weise zu präsentieren, um Menschen dabei zu unterstützen, ein besseres Verständnis für ihre Gesundheit und ihr Wohlbefinden zu entwickeln. Tätig war er neben seiner Tätigkeit als Dozent auch als ehemaliger Übungsleiter für Behindertensport und Koronar-Herzsport, mit Weiterbildung in Neurologie. Er widmet sich seit Jahrzehnten den Themen Philosophie, Gesundheit, Psychologie und Mentaltraining. Sein großes Anliegen ist, den friedlichen Kampf gegen Gewalt und Unterdrückung zu unterstützen. Seine weiteren Weiterbildungen umfassten Kinderpsychologie und Heilpraktiker für Psychotherapie und klinische Hypnose.

Mit dem Buch „**Die Schildbürger anno dazumal**" widmete er sich einem ganz anderen Genre, welches aufzeigt, wie unser Denken und Handeln auf unscheinbare Weise mit den äußeren Einflüssen verknüpt ist.

Wie abnormes Denken und Handeln gesellschaftsfähigen Konsens erhält, davon berichten die kommenden Folgen, welche jeweils den Begriff Schildbürger in ihrem Titel tragen.

In ein ganz anderes Metier vertiefte sich der Autor, als er sich mit den Machenschaften des CIA befasste. Daraus entstanden die Titel: **„Lernen von einem CIA-Agenten – die psychologische Kriegsführung“** als Buchversion und unter dem Titel: **„Verborgene Aktivitäten – wie man Menschen zu Spionen macht“** als E-Book.

Nachdem er gebeten wurde auch einmal etwas für kleine Kinder zu schreiben, brachte er mit: **„Horace das Einzigartige Nilpferd Eine Geschichte über Selbstakzeptanz“** ein entzückendes pädagogisch vertvolles Buch zum Vorlesen, Lesen und Ausmalen heraus.

Diese und weitere Bücher finden Sie auf https://kiefer-coaching.de unter Verlag

Eine Übersicht seiner Veröffentlichungen zu gesundheitlichen Themen bis zum Jahr 2023 finden Sie nachstehend bei: https://heil-weg.de unter Verlag.

Meine Bücher für Erwachsene finden sich auf heil-weg.de und auf
kiefer-coaching.de

Hier eine Auswahl von heil-weg.de

Depressionen besser verstehen und überwinden für Kinder
Jugendliche Erwachsene

Marc Segar ich habe Asperger-Syndrom
Mein Leben, meine Erfahrung, wie man als Autist besser überlebt

CBD-Öl zur Behandlung von Autismus – Studie bei Autismus-
Spektrum-Störung
Wenn Neuleptil, Abilify, Tavor bei Autismus-Spektrum-Störungen
nicht helfen

Autismus und Schlaf bei Autismus-Spektrum-Störungen
Studien zur Behandlung und Bewältigung von Schlafproblemen mit
Autismus-Spektrum-Störungen

Stammzelltherapie bei Autismus – Pro und Kontra: Aktuelle Studien
– S3-Leitlinie

Diagnose Insomnie – Schlafstörung
Neurodegenerative Erkrankung Schlafstörungen

So entsteht ein Mensch – von der Befruchtung bis zur Geburt
Ratgeber Schwangerschaft – Alle Phasen der Entwicklung von
Mutter und Kind

Alkohol Krankheiten und ihre Folgen Krebs durch Alkohol das
Krebsrisiko Alkoholismus: Alkoholiker welche Krebsarten löst
Alkohol aus – Erfahrungen – Informationen zu Alkoholsucht

Krebs durch Alkohol das Krebsrisiko – Welche Krebsarten löst
Alkohol aus – Erfahrungen – Informationen

Alkoholentzug und Entzugserscheinungen Alkoholentzugssyndrom –
Alkoholismus Alkoholentzug Therapie bei Alkoholabhängigkeit

Alkohol gesundheitliche Folgen von Alkoholismus körperliche
Symptome und Auswirkungen auf die Psyche – Alkoholismus
Leitfaden für Fachkräfte

Ernährung für einen gesunden Darm – Empfohlene Ernährungstipps
für eine gesunde Verdauung nicht nur bei Magen-Darmproblem

Basiswissen Alzheimer – Alzheimer Demenz, Symptome und Hilfe
für Angehörige

Schlafstörungen bei Alzheimer
Anzeichen für Alzheimer Schlafprobleme bewältigen – Prävention,
neue Medikamente und Studien

Erworbene Hirnverletzung Schädel Hirn Trauma SHT –
Gehirnverletzung Anzeichen Symptome Behandlung Verlauf Folgen
und Spätfolgen von Schädel Hirn Trauma

Abulie und Akinetischer Mutismus Symptome – Abulie Mangel an
Willenskraft Initiative Antriebslosigkeit Langsamkeit des Denkens
Bradyphrenie Sprachstörung

Gut zu wissen – so funktioniert das Gehirn. Die Geheimnisse des
Gehirns: Von der Hardware zur Software des erfolgreichen Denkens

Das Schlaf Buch – Schlaf gut ohne Schlafprobleme
Schlaflosigkeit? – Endlich den Schlaf verbessern – nie mehr
Schlaflos bei Agrypnie, Insomnie und Hyposomnie

Das Rückenprobleme Buch – Rückenschmerzen was hilft schnell –
Heilverfahren TCM, Ayurveda, Übungen zusätzlich Ursachen Ödeme
und Psychosomatische Beschwerden

Darmsanierung durch Darmflora Aufbau: Tipps zur Darmkur

Powerfood für Kinder und Jugendliche: Gesunde Ernährung für
Kinder Ratgeber für Eltern
Der Ernährungsratgeber: Für Säuglinge und Kleinkinder, Kinder und
Jugendliche, Erwachsene, schwangere Frauen und stillende Mütter
sowie ältere Erwachsene

Alles über Sonnenbrand und Sonnenschutz
Bewährte Hausmittel bei Sonnenbrand und mehr

Philosophen über Zufriedenheit – Zitate
Philosophie Glück – Zufriedenheit lernen – Zufriedenheit im Leben
Zitate der bekanntesten Philosophen

Hier eine Auswahl von kiefer-coaching.de

Gratis Buch Kinderbuchkatalog

Das Schildbürger Buch anno dazumal
Eine moderne Neuerzählung der Schildbürger für alle Altersgruppen
- mit entzückenden Pixelgrafiken: Softcover ISBN: 978-3-384-
09050-8 – Hardcover ISBN: 978-3-384-09051-5
und in Farbe die: Die Schildbürger anno dazumal – Sonderedition
Softcover ISBN: 978-3-384-08679-2 - Hardcover ISBN: 978-3-384-
08680-8 und als E-Book
ISBN: 978-3-384-08681-5

Lernen von einem CIA-Agenten - die psychologische Kriegsführung
USA, China, Russland, Europa - jeder ist in Gefahr - Ein CIA-Insider
packt aus
Softcover ISBN: 978-3-384-13567-4 - Hardcover ISBN: 978-3-384-
13568-1 die E-Book-Version lautet:

eBook Verborgene Aktivitäten – wie man Menschen zu Spionen
macht

Glücklich als Single 49 Tipps für Singles

Friedensnobelpreis 2023 für die iranische Aktivistin Narges
Mohammadi

Abulie – Die verlorene Spur – Mein Kampf gegen den stillen
Antriebsverlust

Manifestieren Sie ihre Träume

Selbstwert von innen heraus

Was sind NFTs? – 4 YOU die NFT-Anleitung

Geld verdienen mit Devisenhandel Forex Trading

Konzentrationstraining für Kinder von Klein bis Groß Arbeitsbuch
und Anleitung

Dark Triad – Dunkle Triade
Narzissten – Psychopathen – Machiavelliste

Lernen von einem CIA-Agenten - die psychologische Kriegsführung
USA, China, Russland, Europa - jeder ist in Gefahr - Ein CIA-Insider
packt aus